이 기록은 주파수 52Hz다.

외로운 자들의 고백이며, 해체이며, 결국 연민이다.

이선정 시집

고래, 52

달아실시선
61

달아실

일러두기

1. 본문에서 하단의 〉는 '단락 공백 기호'로 다음 쪽에서 한 연이 새로 시작
   한다는 표시임.
2. 보조 용언과 합성 명사의 띄어쓰기 등 본문의 맞춤법은 시인의 의도에
   따른 것임.

시인의 말

뭉친 고름을 찢었다.
터트리고 보니 울음주머니였다.

혹여 상처가 아문다면
그대가 함께 울어준 덕분이다.

2022년 12월
이선정

차례

2부. 파리가 손바닥을 비비는 이유

3부. 시를 써야 시가 되느니라

1부

詩 See, 그 깊숙한 in

시인들
— 우리가 열광하거나 부정한 그 전후의 모든,

호랑이, 표범, 시라소니가 사라진
우리나라 생태계 고양잇과 동물 중
유일하게 살아남은 겨울의 최상위 포식자
삵,

누군가는 사라지고
누군가는 살아서 ㄱ한다

난해 시

AI가 장편소설을 썼다지
운문은 아직 힘들다는데

그것을 빼앗기지 않으려고
시인들은 더 골똘한 방법으로
시를 연구하기 시작했고
AI와 장렬히 싸우다

결국,
인간을 잃었다

그것이 알고 싶다

시인들이 책을 뜯어먹습니다

더 강력한 슈퍼파워레인저
국보급 강철 무기를 장착하려고

더 많은 책을 소화하고
더 색다른 똥을 싸고
더 높은 곳으로 위치 이동을 하고
더 눈에 띄는 상을 쟁취하고
뚱뚱한 몸뚱이에 끝없이
빛나는 훈장을 주렁주렁 매달고

그런데 말입니다
(배우 김상중 버전으로 최대한 목소리를 낮추어)

빈털터리로 끝내 지구를 지키던
무명의 독수리 5형제가 묻습니다
— 그럼, 진짜 시인이 되는 거야?
〉

하!
그러게 말입니다

진짜 그것이 알고 싶습니다

불통의 후예

어떤 시는 조금 고인 눈물 속에 담기고
어떤 시는 체위의 저 밖에 위치한다
어떤 시는 청승도 재능이라는 사실을 알려주며
어떤 시는 아예 끝장을 내려 한다*

어떤 시집의 발문을 읽다가
그래서, 우리는 어떤 시냐고 묻는다

잘 팔리는 대중시를 쓰는 어떤 시인은
독자에겐 왕이요 문단에선 장사꾼이고
안 팔리는 문학성 높은 시를 쓰는 어떤 시인은
자비 출판으로 청탁 없는 글을 묶어
10년에 한 번 책을 내고도
불통의 문학을 고고하게 상투처럼 틀고 있지

대중시라고 인생이 없겠나
대중시라고 철학이 없겠나

문단과의 소통은 대중 아닌

문민文民, 아니 문인文人

페이스북에 번쩍번쩍
하루 수십 번씩 신간 릴레이가 이어진다
저 수많은 시집은 모두 어디에서 잠드는가?

오, 찬란한 불통의 후예들

* 평론가 조재룡의 발문 일부.

시비詩碑

한 행, 한 행,
꼭꼭 새길 때마다
돌은 부르르 웃었으리
백 년의 얕음으로 배꼽을 긁어대니
간지러 간지러 웃을 수밖에
천년의 침묵에 기생하고픈
시여, 가벼운 입이여!
사람의 가슴팍에 새기지 못해
죽어서도 무거운 그대 몸뚱이여

귤의 장례식

귤이 죽었다

차에 두었던 귤 하나가
밤새 꽁꽁 얼어 죽었다

소통을 거부한 시인의 시집처럼
소통을 거부당한 독자의 죽음처럼

한때 주홍을 자랑하던
딱딱하게 죽은 귤 하나
따뜻한 아랫목에 모셔 3일장을 치렀다

참 시인*

절집 마당을 비질하듯 써요
무욕의 삶인 듯 소박하게, 반듯하게,

내가 여자를 무척 밝힌다는 것
내가 뒷돈을 자주 챙긴다는 것
불효를 밥 먹듯 휘두른다는 것
어젯밤 폭탄주를 마시고 쌍욕을 해댄 것
길거리에 토악질하고 오줌을 아무 데나 갈긴 것

그건 그리 중요하지 않아요
깨끗한 문장만 발굴하면 되거든요

아아, 나는 물처럼 바람처럼
모든 것을 비웠습니다
가볍습니다
아니, 정말 가벼워 보입니다
성공입니다

누런 오물을 밟고서

하얀 새털구름을 솎아요
그새 코가 많이 길어졌지만

더럽지 않은 문장 뒤에 꽁꽁 잘 숨었습니다

* 임보 시인의 「참 시인」 외에도 많은 「참 시인」이 있다.

낙관

그것의 전前도 미완
그것의 후後도 미완
제 이름을 파내어
깊은 사죄를 각인하는 것이다

꺼낼 때마다 낯뜨거운 저,

족보의 진화

아마 칠삭둥이였지, 멋모르던 시절 뭘 모르고 넙죽 태어난 집, 삼류라는 족보는 꼬리표처럼 따라다니고, 삼대구 년 만에 어쩌다 낳은 빛나는 아이도 똑같은 삼류로 취급받고, 족보를 숨기고 족보를 포장하고 족보를 목 조르고, 급기야 족보를 떼어내 버리자고 10년의 이력을 파묻은 채 쓰윽 입 닦는 패륜, 누구는 하늘 같던 스승의 이름도 때가 되면 갈아치운다지? 반짝 하얀 이를 드러내며 가슴 부푼 새 꼬리표

자, 그럼 이제 맘껏 훨훨 날아보렴

떡밥

소속 단체에서 주는 떡밥 같은 상은
안 받고 만다, 큰소리치다가

그럼 너는 떡밥이라도 받아봤냐?
묻는다면, 목이 기어든다

떡밥은 널렸는데
떡밥 받자고 허드렛일 하는 시간에
시나 열심히 써야지 했건만
일도 안 하고 시도 안 쓰는
이런 개떡 같은 인간을 봤나

뭐든 앙칼지게 물어뜯어야지
무딘 이빨의 날을 세워보는 밤

달도 못나 보일 때가 있구나

떡밥을 먼저 물었는가
터질 듯 꽉 찬, 달의 이빨이 붉다

시인 명단

한국의 시인 명단*
고가 구가 공가 곽가 강가 김가 권가
초성 ㄱ만 528명

나가 마가 도가 류가가 조금 작다만
피가 황가까지 내려오도록
보이지 않는 내 이름

저기 이름 한번 걸어볼 요량으로
차기 순번 기다리는 이가
한여름 똥간 구더기 숫자보다 많다

그러나
까마득히 더 슬픈 건,

저기 적히고도 모를 이름

* 출처 2013년 12월 인터넷문고 '예스 24'의 시인 명단.

판정을 거부한다

독자의 등급은 눈동자에 새긴다는데
이상적 독자
최적의 독자
교육받은 독자
정통한 독자가* 판정을 기다린다

시인도 A급이냐 B급이냐 F급이냐
저울질해가며 등급을 매긴다는데

부모도 상급이냐 중급이냐 하급이냐
지랄 같은 세상의 등급을 하사받고

킥킥, 마블링 좋네
도살장에서 난도질당해
종국에는 엎어져 피를 철철 흘리며
죽어서도 판정을 기다리는

'쾅' 찍힐 낙인 앞에
얌전히 등을 내밀고 나란히 줄 세워진 것들
〉

저 가벼운 팔목을 비틀지도 못하고

인생아!
어쩜, 공손하기도 하여라

* 피시의 영향 문체론.

차카게 살자
— 엄니가 쓴 시론

아야,
너는 매사에 시인다워야 햐

시인다운 게 뭔데?

착하게 살아야제

2부

파리가 손바닥을 비비는 이유

미슐랭의 시인들

씹을수록 구토가 나, 대체 뭐가 문제지? 분명 기존의 레시피대로 고급진 재료에 특이한 향신료를 썼거든, 이집 저집 얻어온 싱싱한 수사도 듬뿍 뿌렸어, 다행히 색다름에 중독된 몇은 맛을 몰라도 맛있다고 해, 독한 향에 길들여진 혀를 가져야 하거든, 진정한 미식가는 실종되었어, 아니, 그들의 서식처는 변두리, 실상 정체가 요리사인 변종 미식가들이 세운 고급진 레스토랑에 입장할 회원권이 없지, 콜로세움 같은 레스토랑에서는 솔직한 혓바닥을 숨긴 요리사들이 화려하게 토핑된 음식에 손뼉을 치며 매일 서로의 요리를 칭찬해, 변두리 미식가들을 철저히 외면한 채 줄줄이 코스로 나오는 새로움을 가장한 비슷한 요리를 씹지

의도를 묻는 건 실례야
굳이 찾자면, 아니야! 요리 안에는 없어
혹시 그것을 담은 접시에 숨겼을지도 몰라
접시의 갈비뼈까지 깊숙이 손을 넣어봐

웃는 낯빛으로 서로를 탐색하며, 좀 더 특이한 향신료를 교환하며, 꾸역꾸역 구토를 즐기며

나쁜 독자*

당신이 최고야
당신 외에는 읽고 싶지 않아
움직이지 마! 그 자리에 그대로!

나는 더 나아가려 하고
그는 더 나아가려는 내 발목을 잡고
당신은 거기 있어야 한다고
당신 자리는 그곳이라고

당신이 내 생을 바꾸었다는
나쁜 독자를 듣다가
나쁜
나쁜
나쁜

아무래도 시인은
갈수록 자꾸 더 나빠지는구나

* 이화은 시인의 「나쁜 독자」가 있다.

이상한 나라의 시인
― 그들의 살인은 법적으로 무죄

그 나라에서는 낙엽을 낙옆이라 쓴다
무릎을 무릅이라 쓰고 띄어쓰기를 말아먹어
보조사 라면이 명사 라면이 되는 이상한 나라

그 나라에서는 소나 개나 명찰을 달고 다닌다
프레스기에 돈만 집어넣으면
음메, 컹컹, 마구 쏟아져 나오는 명찰들
참 손쉽고도 간편한 나라

그 나라에서 시인이 죽는다
그 나라에서 시인을 죽인다

시바, 뭉뚱그려 시인이라
나도 죽고 너도 죽고 우리 다 함께 죽는다

파리가 손바닥을 비비는 이유

바글바글 꼬인다
밤새 혈투로 피 흘리고 쓰러진 문장 주위에
시파리들

허술한 갈비뼈의 행간을 쏙쏙 건너뛰어
맘에 드는 부위의 살점만 뚝 잘라간다
'에이C파리들, 저리 갓!'

욕설이 난무한 내 입속에
응? 색다른 맛의 살점
아무리 혓바닥을 굴려봐도 생소한

대체 이것은, 내 살인가? 네 살인가?

그 젊은 시인에게
— 故 황병승 시인의 죽음에 부치다

은빛 선로를 걸어
지금쯤 어느 별에 도착했을까?
그 젊은 시인

각혈된 시집 세 권 지구에 남았다

젊은 피는 하나같이
파격으로 금이 간 문체를 간직한다

주저앉은 문장의 갈비뼈에
주먹을 넣으면 먹다 남은 별이 한 움큼,
서늘한 된바람에 두 동강 난 달집이 잡힌다

지구를 빠져나갈 때
발목 잘린 문장들은 함께 쓸려갔을까?
보름간의 영혼으로도 시의 큐브를
맞추고 있었을 그의 탁자에 앉아
띄엄띄엄 세 개의 암호를 해독한다
〉

비쩍 마른 혈관이 뜨겁다

내일은 프로*
16쪽의 신선한 피 한 방울을 수혈한다

* 故 황병승 시인의 미당문학상 수상작 제목.

이름값

창비라서 용서된다
실천문학, 문학동네, 문학과지성
그 이름이라 다시 본다

껍데기에 손톱만큼 붙은 명찰
개쑥같이 시를 써도 찰떡같이 문학성인가?
다시 살펴봐도 개쑥이면 내 눈이 상한 것

쓴 사람 이름을 그 이름 하나가 덮는
참으로 기이한 이름

그거 하나 붙이자고
5년째 문턱에 줄 서 있는 S
몇 개의 자잘한 상장 거머쥐고
10년째 달리고 있는 N

그리고 D, H, K
무수한 점들의 몸부림

탈脫

탈에 꽂힌다

한국 현대 시문학사
2000년대 시 경향
탈국가
탈민족
탈장르
탈서정
탈경계

탈, 탈, 탈
모든 구속 홀홀 다 벗어던진
무욕의 유토피아

진정, 그곳을 향해 가는 건가?
탈脫 시인!

맨홀 인류를 따라 걷다가*

구멍 속에 자신의 구멍을 넣고 구르고 뛰고 날고 먹고
마시는 구멍들을 관조하고 죽이고 살리고 길게 늘리고 악
을 쓰고 콧구멍을 후비고 구멍 아래 웃는 입처럼 벌어진
무덤들 도처에 구멍, 을 입고 춤추다가 손도 발도 머리도
없는 구멍이 깃털 잃은 뱀처럼 추락한다 푸른 터널! 깊은
파도 속을 떠도는 구멍 한 필

그녀가 파놓은 구멍들을 따라 걷다가 새카맣게 지워진
글자들

나는 점점 작아지네
나는 점점 쪼그라드네
코딱지처럼 딱딱해져서 나는 결국 구멍 속에 갇혀버렸네

세상에, 이렇게 징그러운 구멍이 있다니!

---

* 현대 시문학사의 걸작이라고 평가받는 김혜순 시인의 시 「맨홀 인류」를
오마주함.

확실한 시론

숨 막히는 격전이다
라디오 퀴즈

〈문제〉
너 자신을 알라
이 말을 한 고대 그리스의 철학자는?
하나, 둘, 셋
답: 아리스토텔레스
땡!

기회는 상대방에게 넘어갑니다
하나, 둘, 셋 정답은?
답: 아리스토텔레스 맞는데요?

암만,
확신을 주려면 이쯤은 돼야지

조루

전희는 아찔했다

훑어 내리는 묘사가 탁월했기에 충분히 젖었다
숨을 몰아쉴 만큼 미세한 문장 하나씩 빳빳이 곤두섰다

이제, 절정만 남았다
격정의 진술 딱 한 줄

비명에 가까운 신음이 극에 달할 즘
저어 멀리서 희미하게 걸어오던 오르가슴을 앞질러
성질 급한 마침표가 훌쩍 먼저 당도해 '쿵' 하고 찍힌다

하, 언제나 문턱에서 끝난다
혼자 헐떡거리다 서둘러 찍어버리는 마. 침. 표.
이 놀라운 반복의 개연성

발표는 빛의 속도다

여백까지 황홀한 영혼의 문장은
아득한 명왕성으로 훨훨 날려버린 채

표절 시비

꼬리를 씹는다
몸통을 씹는다
대가리를 씹는다

잘근잘근
저를 다 씹은 후에야 끝난다

미래파? 아니, 미래형
— 시는 경험의 산물인가 상상의 산물인가*

알고리즘 풀가동!
내게 특별한 외래어를 데려다줘요
엔터Enter,
아무도 쓰지 않은 독특한 것이어야 해요
엔터Enter,

화려한 아카이브가
얄팍한 지식으로 춤을 춰요

나는 그곳을 한 번도 못 가봤는데
까짓것 상상을 조금 주입하면 뚝딱 시가 되지요

두 다리를 자르고 가슴과 손바닥이 온기를 잃어도
AI는 얼마나 친절하게요

어이 거기, 부딪히고 깨지고
삶을 죽도록 파헤치며 인간을 쓰는 시인님
어차피 AI가 대세랍니다

간단해요, 궁둥이는 딱 무겁게,
신선하고 다양한 소재를 찾아
열심히 엔터Enter만 누르시면 됩니다
새로운 방식입니다

미래형입니다

* 워즈워스와 릴케, 가스통 바슐라르를 생각하다.

시인과 정치인

문학제에 갔어요
구성원은 하나같이 시인
또는 시를 자장가쯤으로 여기는 정치인
시인들은 낭송 하나씩에 저희만 감탄하느라 바쁘고
정치인들은 폭발하려는 짜증을 누르느라 하품 섞인
눈물만 빼요
시는 공중에 매달린 굴비
안타까운 그것의 거리만큼
오, 우리의 거리는 얼마나 구리고 먼가요
정치는 어떻고요, 그들의 청문회에 시인을 세워둔 것처럼
싸움판 속의 시 낭송은 정말 악몽이에요
하지만 우린 서로 다독여야 하죠
외면당한 시집과 군중의 냉소는 동일한 슬픔이니까요
문학제가 끝나갑니다
자, 서로를 위해 기도합시다 우리만의 언어로
어차피 사랑해줄 그들은 여기에 없어요

늪

한쪽 발이 빠졌을 때
얼른 나왔어야 했다
무릎이 잠기고 몸통이 빠질 때까지
나는 무심히 책을 읽었고

어, 어,
잠긴다
잠긴다
자…… 잠겼다

머리카락 한 올까지
푹 빠져 너에게 죽었다
아니, 푹 빠져
너로 인해 살았다

무슨 궤변이냐
이 빌어먹을 시詩여!

3부

시를 써야 시가 되느니라

나는 때때로 상업적이고 싶다

'시가 아니라고 한다면 순순히 인정하겠다'*

시인의 호기로운 배짱을 생각한다
꼿꼿한 시 정신으로 중무장한 시도
그의 시 앞에서는 무장 해제당하는 시답잖은 시

무척 상업적인 시답잖은 시가 묻는다

네 시에는 엔돌핀이 있냐?
네 시에는 카타르시스가 있냐?
세상 고뇌 다 짊어진 네 시에는
진짜 세상이 있긴 하냐?
네 시에는 이해가 있냐? 오해가 있냐?
중언부언 횡설수설만 있냐?

입이 딱 붙었다
무척 상업적인 시답잖은 시 앞에서

* 『이환천의 문학살롱』(넥서스, 2015)의 부제.

48

부끄러움에 관하여

등단 30년 차 B시인이
등단 6년 차인 내게 물었다
— 문학에 대해 확신이 있소?

관심인가 매번 딴죽을 거는지라
홧김에 답했다
— 확신 없이 글을 씁니까?

겨울바람에 창문이 덜컹대며
귀신같은 이명이 며칠째

'확신이 있으면 글을 썼겠나'
'어디 가서 배우면 그걸 찾겠나'
'24년 더 쓰면 그땐 찾을까?'

?
?
?

당신, 대체 나한테 왜 그래!

시를 써야 시가 되느니라*

첫입을 떼지 못한 지 한 달, 내 입은 창밖을 떠돌던 갈
가마귀 떼가 물고 갔네, 떠돌고 있으리 어느 먼 세상에서,
검은 사제의 옷을 입고 썩은 문장을 퇴고의 이빨로 물어
뜯으며, 내 입은 서서히 죽고 있으리

'슬픔을 고치는 온전히 새로운 향이 있는지?'**

굳은 심장을 쪼던 부리가 아주 가끔 새로운 입을 물고
와 말했지
'스스로 죽을 수도 없는 가엾은 영혼아, 네 목을 매달면
죽음 직전에 향을 주지'

공중에서 버둥거리다 목줄을 끊고 하혈처럼 쏟아져 내
린 바닥에서 옹알옹알 내 입은 살고 있으리, 까무룩 죽었
다 서서히 깨고 있으리, 어느 날 헛꿈을 꾸며 첫입을 떼고
있으리

'시바, 시를 써야 시가 된다닝게!'

* 『시를 써야 시가 되느리라 - 젊은 시와 함께하는 서정주 시작법』(예옥,
2007).
** 에드거 앨런 포의 시 「갈가마귀」 인용.

고철이 쓰는 시

그는 고철이라고 했다 나는 해무라고 했다 아호 따위를 쓰지 말라고 초면에 충고하기에 선정이라 고쳐 말했고 승혁도 그와 같았다 빠진 앞니 사이로 삭였던 책들이 튀어나올 때마다 하나씩의 시론이 임플란트처럼 박혔다 노래방에서 불나방처럼 노래하는 뒤태를 보며 그는 날것을 느꼈다 했고 그곳을 나서며 날것의 시를 완성하겠다고 단단한 결의를 다졌다 결구는 '옆집도 그렇게 산다'로 한 방을 날린다고 했다 자정이 가까울 무렵 차창 밖으로 쓰러질 듯 걷는 이들을 보며 '저들도 종일 시를 쓰느라 이제야 집으로 돌아가는군' 그가 말했다

그러니까 그때가 2020년 8월, 일 년에 세 편 시를 쓴다는데 두 편은 이미 문예지로 팔려갔고, 그해 세 번째 시를 마무리했을까?

트렌드거나 트랜스포머

너는 촌스럽게 아직도 행갈이를 하니?

단편소설과 다름없는 한 권의 시를 읽는다

시조니? 시니?

행을 띄우는 것이 무슨 죄 같아서
차라리 모두 붙여버리자 하니
시가 욕하는 듯하여

가슴으로 조금 벌리다가
머리로 조금 닫다가
이럴 바엔 모두 지워버리자 하니

시가 날아간다

시가 알아서 훨훨 날아간다

창(작)법

주말 오후, 울 어무이 놓치지 않는 TV
전국노래자랑에서 한 여인이
'천년의 사랑'을 부른다

목을 긁어대는 소리
승한 기교가 넘쳐
오버스러운 유머를 자아낸다
락의 특성을 접목하려 하였으나
락도 뭣도 아니여
우스꽝스런 창법이 나온다

모두들 배를 잡고 웃지만
나는 웃지 못하겠다

시詩여!

시詩

너를 쓰던 시간은 거침없었다
바다로 가는 길 여럿이어도
내 속에 갈라진 수많은 물줄기
결국 그곳으로 세차게 흘러 당도하였듯
너를 향해 흐르던 시간은
끝까지, 하염없이, 명백한 너였다
이제 그 길은 아득하고 꽃향기 멀다
나는 가끔 멈추고 오래 너를 더듬는다
네게로 난 서덜길
그리 보드랍지 않아도
너로 인해
내가 늘 생의 충동이기를 바란다*

* 실존주의 철학자 사르트르의 명언.

네이버 닷컴

어느 날
무명 시인의 손가락은
문득 궁금했네

이름 석 자,
지금쯤 어디에 있는지

네이버를 검색해 손가락은 찾았네
무명 신문 구석에 쪼그려 앉은 제 이름

짝을 지어주지 않아도
갈 곳을 잘 찾아간 이름이 기특해
술 한 잔을 올렸네

거기서, 평생 맑게만 살라고
거기서, 천년만년 시처럼 살라고

돈값

서울 간다
시詩 배우러

동해에서 서울역까지 KTX가 31,300원
지하철 못 타는 촌년이라 택시비가 1만 원, 왕복 82,600원
한 달 차비만 99만 원

M시인 왈, 그 돈의 절반만 저에게 주면
확실히 시를 늘려주겠다는데

등록금 1년 1,200만 원만큼은 시를 늘려야 하는데
하루 차비 82,600원만큼도 시는 안 늘고

돈값 못 하는 시를 붙잡고
싯값 못 하는 돈을 버리고
제대로 된 눈 하나 달지도 못하면서
죽을 때까지 시를 쓰자고 다짐하다니

시詩야!
시時야!

김태정을 읽다가

검박한 시인, 48세 짧은 생, 가난과 길동무였다는
태정 태정 김태정*을 읽다가

이원규, 김남주, 김사인 시인이 세상에서 가장 죄를
작게 지은 맑디맑은 시인, 순수와 무욕의 성정이라는
태정 태정 김태정을 읽다가

엊그제 월세 몇 평 내어주며 십만 원으로 실갱이하던
그 빛나는 주둥이로

호마이카상 귀퉁이처럼 빤질빤질 닳아빠진
그 찬란한 자본주의 이념으로

물푸레 나뭇잎 손톱 같은 가볍디가벼운 발랄함으로
물속의 깊은 빛을 한 치도 품지 못한 시퍼러둥둥한 뻔
뻔함으로

태정 태정 김태정을 읽다가, 진짜 시인을 읽다가

* 김사인 시인의 시 「김태정」에서 차용.

잠적

그가 떨어뜨리고 간 비늘들이
가끔 반짝였지만
잡는 순간 와사삭 부서져버렸다
말씀 언듯, 절 사ợ
분절된 단어들이 까마득하게 갇혀버린
침묵의 크레바스
아래를 내려다보며
악악, 입을 떼어봐도
소리가 나지 않는 발성이 오래되었다

절필로 차마, 봄을 쓰다

봄날에도 시詩를 쓸 수 없다면
그는 지금 죽음 속

꽃 피는 것 하 소용없다
눈 감고 있는 중

아, 그러나

동산마루
꽃 터지는 소리, 소리들······

그 시가, 그 죽일 놈에 시가

암이 목구멍까지 올라왔는데 어머니가 촛불로 밥을 지으신다(...)
손톱이 빠지기 시작했는데 어머니가 촛불로 밥을 지으신다
누군가 나의 성기를 잘라버렸는데 어머니가 촛불로 밥을 지으신다
목에는 칼이 꽂혀서 안 빠지는데 어머니가 촛불로 밥을 지으신다
그 칼이 내장을 드러냈는데 어머니가 촛불로 밥을 지으신다
— 정재학 「어머니가 촛불로 밥을 지으신다」 에서

그 시를 읽다가 내 시를 접었네
아니, 그 시를 읽다가 내 시가 죽었네

내 시의 슬픔이 미천하여
손수건 한 장 적실 힘없고
저 밑바닥까지 떨어질 용기가 없어
차마 내 시가 머리를 처박고 죽었네

너, 나만큼 미쳤니?
너, 나만큼 알몸이니?
홀딱 벗은 삶의 발바닥에 작두를 대고
칼날 같은 시 한 줄과 접신하였니?
〉

그 시의 혓바닥이 내 시를 칭칭 감네
모가지가 감긴 채 켁켁 잠이 드네

*

어제 죽은 시를 버리고 오늘의 시가 밥을 씹네
목구멍에 어제 죽은 시가 또 걸리네

아아, 다시 젯밥 같은 평화에
내 시가 죽네
내 시가 죽네

그 죽일 놈에 시,
그 죽일 놈에 시가 내 시를 죽였네

4부

열병, 그 후의 미장센

술푸다

중등 교과서에 시가 실린
어느 시인이 술을 판다

하기사, 아이들이
시詩를 받아먹지
술酒을 받아먹나

술을 팔아야 밥을 먹는데
시를 팔아 밥 못 먹는
시인이 술푸다

술푸다가 슬퍼서
술푸다 술푸다 시를 쓴다

밑줄에 연대하다

중고시장을 뒤져 품절된 시집을 겨우 구했다

상태 상급이라더니 첫 번째 시에서 벌써 밑줄,
그 밑줄에 발목 잡혀 더 나아가지 못한다
밑줄로 이어진 낯모를 이와의 끈끈한 연대
문장 아래 조아리고 참회했을 그의 고뇌와 손잡고
나는, 묵도한다

이래서는 안 되지만 이러기도 하였지
죄를 고하며 함께 기도하는 낯선 이의 손
동질감 어린 밑줄을 덧대고 덧대며
거기서, 운다

모르는 이여 묻겠네
자네를 밑줄 그은 오래된 문장을 기억하는가?

'수십 번도 더 내가 살해하고 용서했던'*

* 이승하 시집 『욥의 슬픔을 아시나요』(세계사, 1991) 중 「길 위에서의 약
　속—볼프강 보르헤르트에 얽힌 추억」 부분.

시 읽어주는 여자

그녀가 시를 읽어주었네
아주 먼 곳으로 떠나온 내게

어디까지 왔나, 얼마나 오래 걸었을까
서걱대는 목소리를 잃고 세운 손톱이 빠질 즈음
그제야 소리가 들렸지

주저앉은 자리
어둠 속에서 조곤조곤 별처럼 반짝이며

그녀가 시를 읽어주었네
지구 한 바퀴를 감고 돌아온 장미 넝쿨처럼
오면서 가시 하나씩을 뽑은 푸른 꽃대의 음성으로

오! 일찍이 나란 시는 그런 것이었나?
찔린 눈으로 보지 못했네 그 해맑던 소녀

나란 시는 그런 것이었네
나란 시는 그런 것이었어

귀 기울여 보아, 그녀가 시를 읽어주고 있네

봄, 글꽃이 피다

세상 글은 모조리 싫었다
어떤 글은 마디마다 툭 부러져
심장을 마구 찔러 아프고
어떤 글은 가벼운 영혼으로
종잇장처럼 까르르 웃어 싫고
어떤 글은 말갛게 빈 하늘을 구겨 넣는데
한 입만 먹어도 위선을 게웠다
글자를 던져두고 물을 주지 않았다
바퀴벌레 목덜미에 철퇴도 되었다가
뜨거운 냄비에 화형을 당하더니
어느 날 눈앞에서 사라진 글자들
아련히 봄이 오는 베란다 구석자리
불어터진 만삭으로 화분을 받치고
찢어진 자궁을 새초롬히 밀어 올려
방그랗게 피워낸
하, 놀라워라 영산홍 글꽃!

시인은*

시인은 가을에 시를 빚는다
시인은 꽃씨를 심는다
시인은 다섯 개의 긴 더듬이를 가지고 있다
시인은 밤에도 눈을 감지 못한다
시인은 울지 않는다
시인은 외톨이처럼
시인은 보았노라
시인은 숲을 지킨다

나도 모르는 시인을 그들은 안다

* 네이버 검색 인용문.

쉬*
— 故 문인수 시인을 추모함

이성선 시인의 관 위에 손을 얹었던
그가 가고, 나는 비로소 「덧니」를 읽는다

낙엽, 우주가 내 몸에 손 얹어오듯
어찌하여 결별했던 시인 하나가 떠오르는가

암흑의 밑이 투둑, 타개져
비로소 만월이니 덩어리째 유정한 말씀
이것이 진정 베스트셀러 아닌가

「달북」에서 「덧니」까지
몇 걸음 옮기다 결국
운다,

울음 끝에 쉬—
지지 않을 달북이 두둥실 떠오른다

이제 내겐, 저것이 우주다

* 문인수 시인의 시 「쉬」에서 제목과 본문 차용함.

달팽이, 시인詩人하다

저 신공이 거저 이루어졌을 리 없다
익을수록 안으로 기어드는 목

세상사 눅진한 진액 끌어안고
고뇌의 동굴에서 조용히 은거하는 수도승의 자세

뉘엿뉘엿
뜨는지 지는지도 모를
자꾸 생겨나는 저를 지우는 것이 일생

이 길에는,
설익은 목을 뺐다가 들여 넣지 못해
집 잃은 것들이 넘쳐난다

객사한 그들을 위해 종일 비가 내린다

열병熱病, 그 후의 미장센

낙화, 눈물의 언어가 쓴, 내 존재의 시
나는 고백합니다, 나의 미소 아래 드리운
화영에 대하여. 나, 시를 쏨은 조각도로
가슴에 십자화를 긋던 힘.
— 오주리 「화보花譜 1」에서

비,

비,

비가 옵니다

어디서
꽃이 지겠습니다

불어터진 손을 놓겠습니다

시여! 다시 오려거든

누추한 시여
적막이 슬퍼 산 채로 목을 맨 시여
주저흔조차 치욕인 시여

다시 오려거든
구불구불 오지 말고
직선으로 날아와 꽂혀라

피 터지게 닿아야
비로소 눈 감을 시여!

만종

살기 위해 썼던 치열한 과거를 위해
한 번,

쓰기 위해 살고 있는 가엾은 나를 위해
한 번,

쓰고 있는 모든 것들의 겨울을 위해
한 번,

베어 나간 것들이 뿌려둔 검은 씨를 밟고서
나는 잘 익은 벼처럼 고개를 숙인 채
두 손을 모았다

시작하는 시인에게
— 축하를 하고 돌아오는 길, 울었네

그 전보다 더 고독할 것
그 전보다 더 뻔뻔할 것
그 전보다 더 창피할 것
그 전보다 더 악착같을 것

너를 위해서만 울지 말 것
아니, 밖을 위해 더 많이 울 것
가벼울 것
아니, 돌멩이를 끌듯 더 무거울 것
책임질 것
시작詩作에 대해, 시작時作에 대해

쌓아올린 어제를 부숴버리고
오늘 다시 태어날 것

그리하여,
지금까지 우글거리던 문장은
아무것도 없고

아무것도 아님을 인정할 것

그럼으로,
그 끝은 정말 아무것도 아닐 것

령靈

아침이 쓴 시를 저녁이 지운다고
우리가 펜을 놓겠는가

아침은 찬란하지만 저녁은 쓸쓸하네
해가 쓰던 시를 노을이 두 줄 긋고
달이 밤새 퇴고하고
누구는 희망으로 절필하고
누구는 절망으로 태어나고
어떤 시는 어떤 이에게 쓸모 있고
어떤 시의 쓸모를 관계자들은
쓸데없이 재단하고
—신이 불러줬다고요
시의, 시에, 목을 매고
십자가를 그으며 반야심경을 새기며
디스토피아를 씹어 꿀꺽 삼키고
해를 토하듯 왈칵, 아파테이아!
다시, 정신의 관절 하나씩을 부러뜨리며
썩 듯 걸어서 도착하는 무덤
(실은 다 부서진 유령인 채로 반복)
〉

아침이 쓴 시를 저녁이 지운다고
우리가 펜을 놓겠는가

광시狂詩곡

누구는 〈사랑을 위한 되풀이〉*를 썼지만
누구는 너를 되풀이한다
수많은 되풀이의 끝에서
쓰인 것들의 부질없음을 확인할 때
우리는 그제야 되풀이를 멈춘다

되풀이가 끝나는 저녁은 비가 내린다
불어터진 몸통에서 조금이라도 부질 있다고
항변하던 잎맥들이 잠시 촉촉해지고
생기를 얻은 부질없음이 부질없는 몸짓으로
다시 되풀이를 되풀이하려 할 때

거기서 콱, 아예 목을 매고
거기서 콱, 아예 끝장을 내고
결국 유령으로 떠도는 것이
죽지 못해 거기서도 꿈을 꾼다면

우리, 거기서 볼까?
죽어도 죽지 못해 미쳐서

우리, 거기서 부둥켜안을까?

거기서는 되풀이 말고
아아, 오로지 나만의 너를
기쁘게 끌어안을까?

* 전봉건 시인의 시집 표제를 되풀이한 황인찬 시인의 시집 표제를 다시
되풀이함.

비주류에게

가을이라는 텍스트 안에
단풍이,
하늘이,
바람이,
낙엽이,
갈대가,
노을이,

있다

〈문제〉
이 텍스트에서
1. 단풍이 주류인가? 갈대가 주류인가?
2. 바람은 주류인가? 비주류인가?
3. 하늘과 노을은 비주류인가? 주류인가?
4. 가을은 어느 바람의 비주류인가?
5. 계절은 어느 하늘의 주류인가?

저기 떨어져 있는 별은

주류였다가 비주류였다가
밤새 껌벅껌벅

고래, 52*

고래가 이해되기 시작한 건 슬픈 일이야
쓰고 또 쓰고
지우고 쓰고
또 쓰고 지우고

바다는 무한해
무한하다는 말은 왜 슬프지?
용솟음치든 꼬물거리든 자빠지든 무릎이 깨지든
어찌하든, 쓴다

대왕고래 청고래 향고래 범고래 흑부리고래
브라이드고래 아르누부리고래 피그미부리고래
허브부리고래 부리고래부리고래

꿈틀거린다, 휘젓는다, 내달린다, 난다, 움츠린다,
기진맥진한다, 베인다, 잠수한다, 숨통이 조인다,
베인다, 바다에 베인다, 놓지 못한다, 그냥 베인다,

고래가 점점 사라지는 건 바다가 무한하기 때문이야

무한한 바다의 갈퀴에 질식당하기 때문

어느 구멍이든 파보면
오래전 사라졌던 눈이 퀭한 고래가
부리고래부리고래 자신을 벤 바다를 꿰매고 있을 거야

고래가 닿지 못하는 소리 저 너머의 바다,
가장 신선하고 난해한 바다를 입에 문
슬픈 52Hz를 꿈꾸며

* 정일근 시인의 시 「고래, 52」가 있다. 52Hz로 홀로 노래하는 고래, 보
  통 고래의 주파수가 15~20Hz이기에 다른 고래들과 소통하지 못하는
  세상에서 가장 외로운 고래.

시로 쓰는 시론

오민석

문학평론가 · 단국대 교수

1

시인이라면 누구나 자신이 하는 일에 대한 자의식을 갖는다. 그래서 시를 쓰다가도 돌아보며 묻는다. 시는 왜 쓰지. 시란 무엇일까. '나'는 시의 길을 제대로 가고 있나. 그러나 한국의 그 누구도 시 쓰기에 대한 자성적 질문으로 시집 한 권을 다 채운 적은 없다. 그런 점에서 이선정의 이 시집은 가히 주목받을 만하다. 그녀는 이 시집에서 사실 시에 관한 거의 모든 것을 다 말하고 있다. 시란 무엇인가. 어떤 시가 훌륭한 시인가. 시에 있어서 소통이란 무엇인가. 문단 권력과 시인, 시와 가난, 시와 상업성 혹은 대중성, 시와 정치, 주류 시인과 비주류 시인, 시와 문학상, 시

와 독자, 시와 비평적 판단 등, 시에 관한 거의 모든 것을 그녀는 시로 쓰고 있다. 이 시집의 시들은 시에 대한 자의식적 질문들이므로 '메타시|metapoetry'라 불러도 된다. 이선정의 메타시들은 손쉬운 해답의 공표를 지향하지 않는다. 그녀는 시가 무엇보다 모순의 언어이고, 중층의 언어이며, 규정을 거부하는 언어임을 잘 알고 있다. 그녀에겐 현실의 시가 있고 잠재성의 시가 있다. 현실의 시들은 이미 구현된 것들이고 잠재성의 시들은 앞으로 실현될 것들이다. 그녀는 구현된 시들의 양심을 쿡쿡 찌르며 함께 아파하고, 마침내 도달할 시들을 꿈꾸며 절망한다.

알고리즘 풀가동!
내게 특별한 외래어를 데려다줘요
엔터Enter,
아무도 쓰지 않은 독특한 것이어야 해요
엔터Enter,

…(중략)…

어이 거기, 부딪히고 깨지고
삶을 죽도록 파헤치며 인간을 쓰는 시인님
어차피 AI가 대세랍니다

간단해요, 궁둥이는 딱 무겁게,

신선하고 다양한 소재를 찾아

열심히 엔터Enter만 누르시면 됩니다

새로운 방식입니다

미래형입니다

　—「미래파? 아니, 미래형—시는 경험의 산물인가 상상의 산물인

가」부분

　이 작품에서 시인은 소위 "미래파"에 대한 반대의 견해

를 분명하게 밝히고 있다. 그녀가 볼 때 미래파의 시들은

시의 "AI"로 새롭고 "신선하고 다양한 소재를 찾아/ 열심

히 엔터Enter만" 누르는 시들이다. 그들의 시는 "미래형"이

기는 하지만 (인간의 입장에서) AI와 비판적(반성적) 거

리를 확보하지 못하고 현재와 미래의 주류 문법인 AI에

자신을 맡긴다. 그들에게 중요한 것은 새로움이지 인간

이 아니다. 이선정 시인이 볼 때, 시가 이렇게 통념과 지배

의 문법에 말려들 때 시의 진정한 미래는 없다. 시인은 언

제 어디서나 "부딪히고 깨지고/ 삶을 죽도록 파헤치며 인

간을 쓰는"자라야 한다. 그녀가 볼 때 구현된 현재의 시

로써 미래파 시들이 얻은 것은 AI가 선사하는 '새로움'이

고 그로 인해 그것이 잃은 것은 '인간'이다. 그녀가 볼 때 이 시의 부제가 던지는 질문에 대한 대답은 다음과 같아야 한다. '시는 상상의 산물이 아니라 경험의 산물이다.' 부제의 각주에서 그녀는 다음과 같이 말한다. "워즈워스와 릴케, 가스통 바슐라르를 생각한다." 워즈워스는 시를 "고요 속에서 회상된 강력한 감정의 자연스러운 범람"이라고 정의했다. 새로움은 회상된 감정의 '자연스러운' 범람에서 나온다. 시인이 볼 때, 미래파의 시들은 '부자연스러운 생산'이다.

　AI가 장편소설을 썼다지
　운문은 아직 힘들다는데

　그것을 빼앗기지 않으려고
　시인들은 더 골똘한 방법으로
　시를 연구하기 시작했고
　AI와 장렬히 싸우다

　결국,
　인간을 잃었다
　―「난해 시」 전문

그녀가 볼 때 "난해 시"의 대표 주자들인 미래파의 시인들은 "골똘한 방법으로" "시를 연구"해서 생산하는 자들이다. 그들에게 "고요 속에 회상된 강력한 감정의 자연스러운 범람"은 없다. 이 작품에서도 소위 "난해 시"로 불려온 미래파의 문제점을 그녀는 '인간의 상실'로 본다. 그러나 우리가 볼 때, 그녀의 비판은 이런 흐름을 주도했던 황병승, 김민정, 장석원과 같은 미래파 1세대를 향해 있지 않다. 이는 그녀가 애절한 그리움으로 「그 젊은 시인에게—故 황병승 시인의 죽음에 부치다」를 쓴 것에서도 드러난다. 그녀의 비판은 자세히 들여다보면 1세대 미래파의 시적 혁신이 아니라, 그것이 낳은 무수한 아류들과 복제물들을 향해 있다. 생각해보라. 난해함 자체가 혐의일 수는 없다. 가령 문체의 난해성에 대한 비판에 대하여 프레드릭 제임슨F. Jameson은 "문체는 곧 세계관"이라고 응수하며 아도르노T. Adorno의 예를 든다. 제임슨은 아도르노의 난해한 문체를 언급하면서, 그의 난해성이, 그의 문체가 갖는 밀도가, "그 자체 비타협적인 태도의 산물"이며, "주위의 값싼 쉬움에 맞서 진정한 사고를 하기 위해 독자들이 치러야 할 대가"라고 경고한다. 문제는 미래파의 난해한 시들이 새로운 주류가 되면서 그것의 '정신'이 아니라 '기술'만을 복제하는, 영혼 없는 시들이 지금까지도 넘쳐나고 있다는 현실이다. 시인에게는 난해성 자체가 문제가 아니라 이미 클리셰가 되어버린 난해성이 문제이다.

2

　보들레르는 「알바트로스L'Albatros」라는 시에서 시인을 "구름 위의 왕자"라 은유했다. 시인이 고작(?) 땅 위에서 야유와 모욕 속에 시달리는 것은 그것이 항상 상식과 통념 너머를 바라보고 있기 때문이다. 이선정 시인은 표제작 「고래, 52」에서 그런 시인을 다음과 같이 고래에 비유한다.

　고래가 이해되기 시작한 건 슬픈 일이야
　쓰고 또 쓰고
　지우고 쓰고
　또 쓰고 지우고

　바다는 무한해
　무한하다는 말은 왜 슬프지?
　용솟음치든 꼬물거리든 자빠지든 무릎이 깨지든
　어찌하든, 쓴다

　…(중략)…

　꿈틀거린다, 휘젓는다, 내달린다, 난다, 움츠린다,

기진맥진한다, 베인다, 잠수한다, 숨통이 조인다,
베인다, 바다에 베인다, 놓지 못한다, 그냥 베인다,

고래가 점점 사라지는 건 바다가 무한하기 때문이야
무한한 바다의 갈퀴에 질식당하기 때문

…(중략)…

고래가 닿지 못하는 소리 저 너머의 바다,
가장 신선하고 난해한 바다를 입에 문
슬픈 52Hz를 꿈꾸며
—「고래, 52」 부분

　표제작이기도 한 이 시는 이 시집의 가장 마지막에 등
장한다. 각주에 의하면 "고래, 52"라는 제목은 정일근 시
인이 쓴 동명의 시에서 가져온 것이다. "고래, 52"는 "보
통 고래의 주파수가 15~20Hz"인데 "52Hz로 홀로 노래
하는", 그래서 "다른 고래들과 소통하지 못하는 세상에서
가장 외로운 고래"이다. 통념의 주파수가 15~20Hz라면
시인의 주파수는 52Hz이다. 그러나 시인은 자신보다 아
래에 있는 주파수의 세계에서 끊임없이 움직이고 싸운다.
보들레르의 시인이 구름에서 내려와 현세에서 모욕당하

고 있다면, 이선정의 시인은 현세에서 고통스레 구름 위를 꿈꾼다. 그녀에게 시란 15~20Hz의 세계에서 52Hz를 꿈꾸는 자의 '언어 수행linguistic performance'이다. 1연에서 그녀가 쓰고, 쓰고, 또 쓰는 언어 수행은 인용문 3연에서 고래의 다양한 몸의 움직임으로 비유된다. 마지막 연에서 우리는 이 초월적 언어 수행의 주체가 "가장 신선하고 난해한 바다"를 입에 물고 있다는 표현을 만난다. 너무 "무한하기 때문"에 고래를 "점점 사라지"게 만드는 바다는 언어 수행을 하는 고래의 궁극적 화두이다. 그 "저 너머의 바다"는 가장 신선하고 난해하다. 그러므로 신선함과 난해함은 그 자체 문제가 아니며 때로 동전의 양면처럼 같은 지평에 존재하기도 한다. 세계의 신선함과 난해함은 오로지 통념과 상식의 주파수 너머를 노래하는 고래에게만 포착된다.

첫입을 떼지 못한 지 한 달, 내 입은 창밖을 떠돌던 갈가마귀 떼가 물고 갔네, 떠돌고 있으리 어느 먼 세상에서, 검은 사제의 옷을 입고 썩은 문장을 퇴고의 이빨로 물어뜯으며, 내 입은 서서히 죽고 있으리

'슬픔을 고치는 온전히 새로운 향이 있는지?'

굳은 심장을 쪼던 부리가 아주 가끔 새로운 입을 물고 와 말했지
'스스로 죽을 수도 없는 가엾은 영혼아, 네 목을 매달면 죽음 직
전에 향을 주지'

공중에서 버둥거리다 목줄을 끊고 하혈처럼 쏟아져 내린 바닥에
서 옹알옹알 내 입은 살고 있으리, 까무룩 죽었다 서서히 깨고 있으
리, 어느 날 헛꿈을 꾸며 첫입을 떼고 있으리
　　―「시를 써야 시가 되느니라」 부분

　　앞에서 인용했던 시들에서 계속 이어지는 언술이 있다
면, 그것은 시인이 시 쓰기를 '언어 능력linguistic competence'
이 아니라 '언어 수행'으로 이해하고 있다는 사실이다.
「미래파? 아니, 미래형―시는 경험의 산물인가 상상의 산
물인가」에서 그녀는 시인을 "부딪히고 깨지고 삶을 죽
도록 파헤치며 인간을 쓰는" 존재로 정의하고 있고, 「고
래, 52」에서도 그녀는 시인의 수행을 "꿈틀거린다, 휘젓는
다, 내달린다, 난다, 움츠린다,/ 기진맥진한다, 베인다, 잠
수한다, 숨통이 조인다,/ 베인다, 바다에 베인다, 놓지 못
한다, 그냥 베인다."와 같이 다양한 수행형 동사로 묘사
한다. 위 작품에서도 그녀는 시인을 "썩은 문장을 퇴고의
이빨로 물어뜯으며" "공중에서 버둥거리다 목줄을 끊고"
"까무룩 죽었다 서서히 깨고" 있는 수행, 즉 퍼포먼스의

모습으로 그려낸다. 그녀에게 시인은 개념이나 상상이 아니라 경험의 세계 속에서 온몸으로 치열하게 몸으로 겪고 견디고 싸우며, 즉 동사적 퍼포먼스를 통하여 통념과 상식 너머의 세계에 도달하려는 자이다. 그러므로 그녀에게 진정성은 다름 아닌 '몸의 경험'에서 온다. "시를 써야 시가 되느니라"는 설법은 결국 시인이 시인 자신에게 던지는 언어 수행의 명령이다. '쓰기writing'의 퍼포먼스가 없이 '시'는 오지 않는다. 그리고 쓴다는 것은 죽기를 각오하고 "죽었다 서서히 깨고" 문장의 "첫입을 떼"는 행위이다. 이선정 시인이 용납할 수 있는 '난해성'이 있다면 바로 이 단계를 거친 다음의 난해성일 것이다.

은빛 선로를 걸어
지금쯤 어느 별에 도착했을까?
그 젊은 시인

각혈된 시집 세 권 지구에 남았다

젊은 피는 하나같이
파격으로 금이 간 문체를 간직한다

주저앉은 문장의 갈비뼈에

주먹을 넣으면 먹다 남은 별이 한 움큼,

서늘한 된바람에 두 동강 난 달집이 잡힌다

　　―「그 젊은 시인에게―故 황병승 시인의 죽음에 부치다」 부분

　황병승은 49세에 독거사한 소위 "미래파"의 대표적 시인이다. 그의 죽음을 기려 쓴 이 시는 제목에서 황병승을 "그 젊은 시인"이라 부른다. 사망 당시 49세였으니 황병승의 생물학적 나이가 꼭 젊다고 말할 수는 없다. 그러므로 시인이 마음속 깊이 기리는 것은 그의 생물학적 젊음이 아니라 시적 젊음이다. "각혈된 시집 세 권"이라는 구절은 바로 "그 젊은 시인" 황병승이 이승에서 고통스레 몸으로 수행한 언어의 성취를 가리킨다. 시인은 황병승의 "젊은 피"가 "파격으로 금이 간 (그의) 문체"를 낳았다고 말한다. 그러므로 문체가 곧 세계관이라는 제임슨의 주장은, 적어도 이 대목에서는 그대로 이선정 시인의 견해이기도 하다. 황병승이 도달했을 것으로 기대하는 "어느 별"은 보들레르의 "구름 위"이고, 이선정의 "52Hz"이며, 혼자 외로이 죽은 시인이 "먹다 남은 별"은 고통스러운 몸-경험 속에서 반짝이던 시인의 영혼이다.

이선정 시인에게 있어서 시의 밭은 아픈 오물들로 가득 차 있어서 그것에 저항하는 자들에게 고통스러운 경험을 강요한다. 시인의 구름과 별과 높은 주파수는 오로지 이 지옥을 통과함으로써만 얻어진다.

절집 마당을 비질하듯 써요
무욕의 삶인 듯 소박하게, 반듯하게,

내가 여자를 무척 밝힌다는 것
내가 뒷돈을 자주 챙긴다는 것
불효를 밥 먹듯 휘두른다는 것
어젯밤 폭탄주를 마시고 쌍욕을 해댄 것
길거리에 토악질하고 오줌을 아무 데나 갈긴 것

그건 그리 중요하지 않아요
깨끗한 문장만 발굴하면 되거든요

아아, 나는 물처럼 바람처럼
모든 것을 비웠습니다

가볍습니다
아니, 정말 가벼워 보입니다
성공입니다
—「참 시인」 부분

그리하여 그녀는 마치 모든 것을 다 비운 것처럼 "깨끗한 문장만 발굴"하는 시인을 거부한다. 그녀는 그런 시인의 시를 "정말 가벼워" 보인다고 말한다. 문단 권력을 자처하며 후계자를 양성하는 어리석은 원로 시인을 "백발이 성성한 황제 폐하"라고 조롱했던 17세기 영국 시인 존 드라이든J. Dryden처럼, 그녀는 그렇게 너무 깨끗하여 가벼운 시를 "성공"이라고 야유한다. 모든 몸-경험을 무시하고 "무욕의 삶"을 가장하는 가짜 성공은 "참 시인"이 갈 길이 아니다. 시인은 무엇보다 몸으로 이 세계를 겪고, 견디고, 다치고, 후회하며, 사랑해야 한다. 두 번째 연에 열거된 몸-경험의 다양한 목록이야말로 시가 거치고 지나가야 할 가시밭길이다. 이 모든 몸의 수행을 거친 자만이 "참 시인"이 될 수 있다.

그 시를 읽다가 내 시를 접었네
아니, 그 시를 읽다가 내 시가 죽었네

내 시의 슬픔이 미천하여
손수건 한 장 적실 힘없고
저 밑바닥까지 떨어질 용기가 없어
차마 내 시가 머리를 처박고 죽었네

너, 나만큼 미쳤니?
너, 나만큼 알몸이니?
홀딱 벗은 삶의 발바닥에 작두를 대고
칼날 같은 시 한 줄과 접신하였니?

그 시의 혓바닥이 내 시를 칭칭 감네
모가지를 감긴 채 켁켁 잠이 드네
　　　 ―「그 시가, 그 죽일 놈에 시가」 부분

　시인은 어떤 시인의 작품 일부를 이 시의 제목 아래에
제사題辭로 소개한다. 말하자면 이 시는 "그 시를 읽다가"
느낀 정념의 토로이다. 이 솔직한 고백에서도 이선정 시
인이 지향하는 "참 시"의 지평이 드러난다. 그것은 "저 밑
바닥까지 떨어질 용기"를 가지고 "홀딱 벗은 삶의 발바닥
에 작두를 대"는 "칼날 같은 시"이다. 이선정 시인이 굴복
하는 것은 오로지 이렇게 치열하게 생의 밑바닥을 오체투

지로 기는 삶, 그리고 그런 몸의 경험에서 우러나오는 시이다. 우리는 이것을 치열성이라 말해도 좋고, 진정성이라 말해도 좋을 것이다.

*

이 시집엔 소위 메이저라 불리는 대형 출판사에 줄을 대느라 정신없는 시인들, 문학상에 넋을 잃고 있는 시인들, 등단 매체의 족보를 따지는 관료적 문단, 껍데기만 난해하여 불통을 자처하는 시들, 진흙탕 없는 연꽃을 꿈꾸는 시인들의 모습 등, 현 단계 한국 문단의 거의 모든 '꼴불견'들에 대한 풍자와 야유가 가득하다. 이 모든 비판은 치열한 언어적 수행을 문학의 동력으로 간주하는 시인의 태도에서 나오는 것이니만큼 충분한 설득력을 가지고 있다. 시인은 이렇게 시집 가득 메타시를 썼으므로 이제 시의 거울을 떠나 시의 밭으로 다시 나갈 것이다. 시의 밭에서 온몸으로 쟁기질을 하다가도 그녀는 문득 거울 앞에 돌아와 시와 자신을 다시 들여다볼 터인데, 그때마다 그녀의 시는 더욱 크고 탄탄한 보폭을 갖게 될 것이다. 🎑

달아실시선 61

고래, 52

1판 1쇄 발행	2022년 12월 16일
1판 4쇄 발행	2024년 1월 5일
지은이	이선정
발행인	윤미소
발행처	(주)달아실출판사
책임편집	박제영
디자인	전형근
법률자문	김용진
주소	강원도 춘천시 춘천로 257, 2층
전화	033-241-7661
팩스	033-241-7662
이메일	dalasilmoongo@naver.com
출판등록	2016년 12월 30일 제494호

ⓒ 이선정, 2022
ISBN 979-11-91668-60-5 03810